w

Irmgard Matte

Einmal war es

100 Gedichte

inspiriert von Prerow/Darß

Wiesenburg Verlag

Bibliographische Information der Deutschen Nationalbibliothek:
Die Deutsche Nationalbibliothek verzeichnet diese Publikation
in der Deutschen Nationalbibliographie;
detaillierte bibliographische Daten sind im Internet
über http://dnb.d-nb.de abrufbar.

1. Auflage 2012
Wiesenburg Verlag
Postfach 4410 · 97412 Schweinfurt
www.wiesenburgverlag.de

Alle Rechte beim Verlag

Coverfoto: Prof. Alexander Matte

© Wiesenburg Verlag

ISBN 978-3-943528-56-5

Ahnung

Morgen wird es sein
als ob ich sterbe:
dunkle Schmetterlinge
flattern schwer
wie Schatten in mich ein.
Lechzend' Leben
löst sich aus dem Blut,
flüchtet hoffnungsvoll
zu anderen Stellen hin,
deren Traum
noch keinen Tod umfing
und schreit auf
durch wildes Klopfen. - - -
Morgen wird es sein
als ob ich sterbe.
Morgen wird
das Leben mich verlassen,
weil ich es
nicht kennen will.

publiziert Zeitung Kiel 7/1933

Das ferne Glück

Ich suchte einst ein fernes Glück. -
Ich suchte, suchte und fand es nicht.
Es rief etwas: Zurück, zurück,
doch alles umsonst. Ich sah das Licht,
folgt seinem Winken in die Fremde,
fühlt nicht den Abgrund unter mir, -
da zogen mich zwei kalte Hände,
ich stürzt hinab und wollte doch zu dir.

Der Tod

Nachts, wenn alles ruht,
kommst du geschlichen.

Mal ist ein Auge rote Glut,
dann wieder ganz verblichen.
Deine Hände sind kalt
und deine Sprache ist stumm,
aber man fühlt: Bald, bald
ist ewige Nacht um mich herum.

Wie bist du so unheimlich!
Und bist mir doch nicht fremd.
Obgleich so kalt Du, fühle ich
wie alles in mir brennt,
wenn du mich nur berührest,
wenn deine glühn'den Augen
in meine, die Dich ansehn fest,
sich tiefer und tiefer saugen.

Oh, du bist mein Freund!
Versprichst mir ja so viel - -,
dass du mich holst bald heim.
Da Seele bist Du am Ziel.

Die Nähe

Mit großer Macht zieht's mich hernieder
und spült mich aus dem Weltenraum.
Nun ist es vorüber. Er kehrt nie wieder
des Lebens kurzer, schöner Traum.

Einsam

Mit Ketten bin ich an jene Welt gefesselt,
die fremd dem Leben
und Schmerzen birgt.
Die Sonne dunkel, nähert sie sich ihren Toren,
von Nacht umgeben
meine Seele stirbt.
Durch Gitterstäbe sehe ich die Sterne leuchten
und meine Hand langt scheu hinaus,
als wollte sie zu sich herüberziehen
Licht, - Licht,
das diese Welt nicht kennt.
Der Totenvogel kreist.
Einsamkeit brennt. Es war.

Gefangen

Leise raunt es in den Zweigen.
Stille Geister zu mir neigen
demütig ihr Haupt.
Schwere Augen mich durchglühen,
welke Hände mit sich ziehen
meine Seele in ihr Reich.
Menschenlachen schallt herüber
als ein Rauschen weher Lieder
voll Versonnenheit.
Und der Wesen müd' Gedanken
ähnelnd Efeu mich umranken,
setzen meiner Sehnsucht Schranken
in Lebendigkeit.

Grausamkeit

Grausam
wenn ein herber Wind
träumende Knospe bricht.
Voller Scham
schau'n sich Erd' und Himmel an
und verbergen ihr Gesicht.
Wolken
kriechen zag wie Schnecken.
Warmer Regen höhlt ein Grab.
Einsam
ruft am Waldessaum ein Fink
nach der lieblich zarten Knospe,
die in Unschuld sterben ging.

Sterne

Nur die Sterne ganz alleine
kennen meinen tiefen Schmerz.
Ihnen zeig ich mein gebrochen Herz,
wenn ich abends um dich weine
und mich sehne so nach Ruh.

Dann leuchten mir heimlich die Sterne,
Dein Bild erscheint in der Ferne,
traurig ruft meine Seele: Du!

Nur die Sterne ganz alleine
kennen meinen tiefen Schmerz.
Ihnen zeig ich mein gebrochen Herz,
wenn ich abends um dich weine.

Zwei Gefangene

Frei in der Gefangenschaft

Hinter Gittern!
Doch kein Zittern
bedeutet Verzagen,
sich selbst einsargen.
Unter des Himmels
lichtem Gewimmel
tröstende Sterne,
des Mondes Laterne
schwebte, (ein Lösen
aus dumpfem Wesen)
mein Fessel davon:
die Schwere zerronn.
Freiheit durchspült
mein Blut und kühlt
ehern Gebundensein
wie klarer Wein
brennende Lippen,
die Rausch einnippen.

Gefangen in der Freiheit

Lockende Fluren
tragen meine Spuren.
Sonne und Meer
trinke ich leer.
Doch maßloser Fülle
entsteigt eine Stille
begehrende Schwermut,
schleichet ins Blut,
ermüdet die Lider,
wirft mich nieder.
Es lacht der Tag.
Nachtigallnschlag
singt Freiheit mir ein.
Verblendender Schein!
Gefesselt wälzt sich
die Seele in schwindlig
gähnendem Abgrund.
Tod keucht sein Schlund

Abend fällt in meine Sehnsucht

Abend fällt in meine Sehnsucht,
die sich auf den Knien wand.
Ungestillt verwelkt sie. Müder
Schrei flieht in das rote Land
der untergehenden Sonne und
erlöscht im blut'gen Himmelsbrand:
Nacht! Nacht, Schmerz der Erfüllung,
begräbt mich mit ihrem Gewand.

Beilage Norddeutsche Rundschau 10.8.33

Beschwerte Sehnsucht

Wenn der Augenblick sich neiget,
wo die Welt versinkt in Grau,
irrend mein Gefühl aufsteiget,
höher tastet in der Nebel Tau,
bis sich stößt mein scheu Verlangen
an Verhülltem. Schatten löst sich los:
Dämmerung hab' ich aufgefangen,
liegt nun schwer in meinem Schoß.

Besinnlichkeit

Menschen hasten getrieben,
Menschen gleiten wie Schaum,
Menschen stoßen sich selber
vorbei an meinem Fenster,
durch das ich über sie träum':
über ihr Sehnen nach Liebe,
über ihr Streben „zu sein",
über das Sträuben am Abschiednehmen,
Nichts-Wissen-Wollen vom Alleinsein:
allein unter schwindenden Wolken,
allein mit sich und dem Tod,
allein mit dem Gedanken,
dass er schon im Leben thront. -
An meinem trüben Fenster,
dadurch ich mich besinn,
fliehen viel Menschen entlang,
werfen sich trunken hinein
in den kommenden Morgen,
dem ich entrissen bin.

Bitte

Käm der Schlaf und zöge mich
sanft auf seinen kühlen Schoß,
erlöst müsste ich ihm gestehn:
Dich liebe ich!
Jagst du doch Gedanken, die mich quälen,
die sich unaufhaltsam drehen
um die Frage, wen ich liebe -
weit, weit fort

Der Tanz

Gazelle tanzt,
die Beine zeichnen
Figuren aufs Parkett,
ziehen Kurven, wirbeln Staub,
sprühen, hüpfen, gleichen
Stöcken. Ganz besessen
schlagen sie die Luft.
Gazelle tanzt
mit nackten Armen,
die jubelnd in Musik
aufzucken, betrunken
schlenkern in der Phantasie.
Wild wühlen die Hände
im Nichts, dass Funken stieben.
Im Kleid hängt Glut
und erleuchtet die Wände.
Gazelle tanzt,
Musik jagt ihr durch's Blut.
In Tag fällt Nacht.
Das Herz tanzt in den Tod.

DIE GETROFFENEN

Die Bäume frieren und darunter jagen sie,
zwei Flammende,
geschüttelt von der Liebe.
Die Bäume frieren;
die Bäume biegen sich,
schleudern in verlassne Blätter
jähen Schmerz. Sie brechen ab
und schwer wie Steine
treffen sie die zwei Verzückten.
Die Bäume frieren,
stöhnen durch die kahlen Zweige;
die Bäume trauern,
und darunter schauern
zwei Herbstgetroffene,
erstarrt in ihrer Leidenschaft.

Ein Stein

Ein Stein sein, sonst nichts.
Kahl und hart und unbeachtet.
Leblos, wenn etwas mich aufhebt,
von sich schleudert,
wenn ein Fuß mich stampft
tief in die Erde hinein,
um weiterzukommen.
Nicht fühlen müssen, nicht zerbrechen!
Ein Stein sein, sonst nichts,
zwischen andrem feuchten Geröll,
kühl und hart und unbeachtet.

Eine Nacht

Jene wächst schwärzer aus den anderen Nächten;
   mir war, als wär nur ich in ihr allein.
Sie grub mich in sich, fragte, quälte, lechzte
und schmolz zu eines Sarges kühlem Schrein.
Mein Dasein leerte sich bis auf die Traurigkeit.
   Die Hände wurden schwer wie Stein
   und in des Dunkels Undurchdringlichkeit
erfror mein Schrei, es möchte Morgen sein.

Erschlossen

Leise weht Liebe von mir aus,
tastend streckt sie ihre Fühler aus,
dass bebend nur die Luft sie spürt
und spielend an die Menschen rührt.
Ganz wie ein lauer Frühlingswind
so weich und lind
weht Liebe von mir aus

Erste Frucht

Ach, ich hab unendlich viel verloren,
da ich mich der Welt hingebe.
Unbekanntem Sein bin ich entflohen,
habe mich in mir zerrissen
und mein Einsamstes verlassen.
Meine Unruh ist wie Peitschenhieb.
Lautem Hasten bin ich nun verfallen,
spüre schon die scharfen Krallen,
die mich packen und mir weisen,
wo ich - mich vollendend - hingehöre.

Flüchtling

Eines müden Herzens Sehnsucht
irrte suchend durch die Welt,
wuchs zu einer Himmelsleiter,
rührte an des Windes Schlaf
und ein Sturm brach aus,
hat die Sehnsucht umgestoßen,
reglos liegt sie nun
wie ein gefällter Baum,
Flüchtling eines müden Herzen.

Frühlingsrausch

Lauter bunte Blumen breche ich,
presse sie zu einem Strauß,
tolle summend durch den Frühling
bis an Baches Werberausch,
werfe meine süße Last
in das sprießende Gegurgel, -
starre, sinnverloren, müde
duft'gem Blütentreiben nach.

Gebet

Lieber Gott
öffne mir Dein Himmelreich
mach die Wolken mir zu Pferden
spann den Wind in ihren Atem ein,
dass es, wenn ich reite, stürme . -
Sieh, so taumle ich auf Erden
als ein todesschwer Geschöpf
in die Stricke sinnlicher Begehren,
deren Qual mich knien lässt
vor Dir:
Öffne mir Dein Himmelreich,
mach die Wolken mir zu Pferden,
spann den Wind in ihren Atem ein,
dass es, wenn ich reite, stürme.

Katrein

In den Abend trüb und leise
welkt das stille Kind Katrein.
Seine Augen ziehen enge Kreise
um der Lampe Flackerschein.
Im Warten reißt es aus dem Nichts
eine Handvoll milden Tod
an sein taumelnd, kleines Herz,
das im Dunkelen verloht.

Nähe

Nur Deine Nähe macht den Tag ertragbar,
der eng, gefesselt und unsagbar
traurig ist.
Von weit her spür ich Deines Herzens Schlag
und denke sinnend an den einen Tag,
da es ganz dicht an meinem Herzen lag.

Durch alle Wände möchte ich dann springen,
Dir lauter tollen Übermut entgegenbringen,
um in Dein Lächeln einzudringen.

Doch eine Stunde um die andere rinnt
und meine schweren Träumereien sind
Unwirklichkeit und Rauch im Wind.
Deine Nähe macht den Tag ertragbar,
der eng gefesselt traurig ist - unsagbar.

Resignation

Möchte wissen, wem da ist
in der Welt so weh wie mir.

Möchte wissen, wer da trägt
Tod im Leben so wie ich.

Möchte wissen, wer nicht weiß,
wonach seine Sehnsucht schreit.

Möchte wissen, wenn er ist,
ob er ahnt, dass ich ihm gleich.

Möchte glauben, träf er mich,
einer im anderen enden müsst.

Denn einmal duldet Leben nur
diese fremde Traurigkeit.

Sommer

Lüstern glüht ein Kirschbaum
unter versenkender Sonne.
Amseln flöten milden Traum
in grellzitternde Tageswonne.
Träges Tropfen der Stunden
dämmert die Erde ein.
Sie hat Erfüllung gefunden.
Auf Reife sinkt Müdesein.

Tod im Frühling

Des kleinen Vogel
hilflos Atemringen
schlägt in mein Herz.
Er ist im Frühling
ertrunken, der mit
liebesmattem Weh
ihn überschwemmte.
Abendkühle saugt
die Wärme des Blutes
auf, - und ich habe
in starrem Schmerz
noch den fliehenden
Blick voll Todessingen
für mich gestohlen.

Trennung

Es fällt von mir wie Blütenstaub
das Frühverträumte, Unbeschwerte:
Die Nacht verschlang den Kindheitsraub,
derweil mir Tod am Leben zehrte.

Wunderliche Zeit

Nun hebt ein letzter Seufzer weiche Erdenbrust
und löst, was noch gefesselt in ihr schlief
an Menschenweh, zu staunend scheuen Fragen auf,
die Lichter tragen um ein lächelnd Haupt. -
Dies Lächeln aber, allen Winterseins beraubt,
senkt sich ins Überall und strahlet auf
von einem Rätsel sinnend rein vertieft.
Zeit tränkt es mit süßer Himmelslust.
So schaut's versonnen - -
dem Himmel entronnen,
der Welt gewonnen
aus jedem täglichen Ding.
Menschen verstummen,
allerorts summen
die lieblichsten Blumen:
Wie das stille Märchen anfing.
Und mir leuchtet, wenn es mich grüßt,
als ob ich alles streicheln müsst.

IW 7/1933 · publiziert Zeitung Kiel

Abgeschieden

Nichts weiter will ich
als, dass Du da bist,
irgendwo in gleichem Raum
wandelst mit mir.
Die Welt zieht sich
bis auf den
lachenden Ort zusammen,
an dem Du sein könntest,
und meine Gedanken streicheln Dich
mit leisem Wort.
Du kannst es nicht spüren,
da es erfüllt ist
wie in sich tauchender Blick.

Auf Wiedersehn

Schwerer Wolken,
feuchte Strassen !
Durch solchen Herbsttag
gingen wir
langsam, ziellos
und vergaßen,
Gedanken
auszusagen,
deren Wort schon
in uns brannte.
Blasse Stunde,
traumlos Leben !
In der Erkenntnis
hab' ich Dir
einsam, mutlos
meine Hand gegeben,
vom einzig
lautgewordenen
Wort gequält:
Auf Wiedersehn!

Bewegung

Strömen der Wellen,
Windeswehn,
Treiben des Sandes
tragen dich fort.

Ich knie in den Wellen
und weine im Wind,
ich lege mein Trauern
in Sandgerinn.

Unhaltbar die Wellen,
Wind bläst und löst,
der Sand treibt weiter -
wohin du auch gehst.

Das Bild

Wo ist meine Liebe zu Dir geblieben,
die ich in trunkenem Herzen trug ? -
Vereinzelt nur noch Funken stieben.
Die Flamme losch, da sie sich überschlug.
Nun denke ich an Dich wie an ein Bild,
das irgendwo verloren hängt,
tagfern im Warten und in Schmerz gehüllt,
streichelnden Blick von mir einfängt.

Der Morgen

Am traurigsten ist es des Morgens.
Dann hockt man tief noch im Traum
mit angezogenen Knien
und lauscht zu dem Dunkelen hin.

Am traurigsten ist es des Morgens,
wenn Menschen beisammen sind.
Streift einer auch leise den anderen,
Hand, Saum, versonnenen Blick,
zu erkennen vermag man sich kaum.

Das Fremde erschreckt
und trostlos bewegen sich Schatten
im morgendämmrigen Raum

Der Hypnotiseur

Eine Dame im Sessel
von stahlgrauem Samt
hält den Augen, bewusst,
in sie getaucht, stand.
Breit flutete Sonnengold
ins Fenster herein
vertraulich lockend
zu Spielerein.
Zigarettendunst steigt
schichtenweise empor
beschleiert den Raum
und verhüllt das Tor.
Kein Ausweg mehr
und die Beiden darin,
mitten im Schweigen,
im Qualmengerinn.
Es seufzt eine Uhr
eins, zwei bis drei. Befreit
schreckt die Verirrte
aus dunkler Trunkenheit.
Sie streicht übers Haar
und nimmt ihren Blick
verlegen errötend
aus seinem zurück.
Doch dieser noch immer
ganz starr und gespannt,
hängt ihr an Augen,
Lippen und Hand.

Unsicher tritt sie
den Rest Zigarette
am Boden nieder,
lacht wirr und hätte
vielleicht den Weg durch Rauch
zum Ausgang gefunden,
wenn nicht die verlorene Schau
jenes Mannes sie festgebunden.
So wagt sie kaum
ihre Füße zu regen,
weicht geschlagen zu tief
ins Überlegen,
verspürt auch nicht,
wie weit es kam,
dass er ihr jede Absicht
sacht aus der Seele nahm.
Blaudicht warmer Nebel
umkost sein Mit-sich-ziehn.
Er führt sie steile Leiter
ab, zum Vergessen hin.
Und erst, als er sich lächelnd
in seiner Kraft erkannt,
nun er sie stumm allmählich
und willenlos gebannt,
löst er die Fesseln der Dame,
welche sich ängstlich wand
inmitten verworrener Träume
auf dem Sessel von stahlgrauen Samt.

Der Schwan

Und so, als ob der Vorgang zu gering
schritten die Menschen vorüber
an dem Schwan, der im Sterben hing.
Ich stand bei ihm manche Stunde,
mich schmerzte der Schmerz seiner Wunde,
ich fror, da sein Blut zu frieren anfing,
und nahm ihm erschauernd den wehen Schrei,
der seiner zitternden weißen Kehle
nicht mehr entrinnen konnte,
auf dass er nicht einsam verging.

Die Menschen, sie schritten vorüber,
und plötzlich ertappte auch ich mich dabei.
Ich floh: im Tod sich sträubendes Gefieder,
mein Herz schrie den gestohlenen Schrei.

Der Zug

Die Bahnhofslichter
bohren sich
durch den grauen Morgen.
Noch schlafverlorene Gesichter
wehren ängstlich
näher kriechende Alltagssorgen.
Nur wenige Minuten
bleiben, bis der Zug abfährt.
Mit ihnen muss mein Sinnen
um dich verbluten
und, wenn der Zug mich entführt,
wird der Schmerz beginnen.

Gebet an die Sonne

Blutrote Sonne erlösche nicht.
Nur einen Augenblick noch halte
in deinem Leuchten
dieses Überströmen fest.
Langsamer löse dich los.
Erschöpft haucht die Erde
Vergänglichkeit aus.
Begieße sie tröstend mit mattem Schein.
Ganz sanft entschwinde
und saug in dich ein
letzter Schönheit Verzückung,
dass sie versinke in dir, - verblüh,
am Morgen sinnbetörend neu erglüh.

Meer

Wie gierig heult das Meer
und schnalzt mit den Wogen;
es packt mich, wirft mich hin und her
und spuckt mich aus im Bogen.

Nacht

Du hattest mich zurückgelassen
allein
in dieser Nacht.
Sie tat sich auf:
Den Schmerz
hab ich in sie hineingestarrt
und schauderte
und hielt ganz still,
als sie mit harten, blassen Händen
den Schrei
nach Dir aus meinem Herzen zog,
um ihren Hauch darauf zu legen
und müdes Weinen auszulösen.

Namenlos

Ja, wenn ich mich doch auf
meinen Namen besinnen könnte, -
ich würde mich selber darüber trösten,
dass das Nächste so fern liegt
und nur Unwirkliches in mir lebt.
Aber er ist wie Windhauch entwichen,
oder ich habe ihn verloren,
irgendwo auf Erden zurückgelassen,
als ich mit den Wolken wehte.
Nun irre ich nach meinem Namen,
um mich laut anzurufen und
aus weiter Ferne ins Leben zu fallen.

Sag

Sag,
ist dieser Tag
wie jeder andre,
durch den ich wandre
mit weitem Blick,
als ob ich gerade
zu leben anfing? -

Bin ich
noch unbezwinglich
in meinem Traum und
und wage kaum
Dein Bild zu fassen,
angstvoll,
es könnte davon erblassen?

Sag,
war dieser Tag
nicht helle Nacht,
die ich durchwacht
mit frierendem Blick,
als ob mein Leben
zu enden anfing?

Sehnsucht

Einer lösenden Musik möcht' ich erliegen,
wehlächelnd die Füsse dem Boden entheben
und hundert Drehungen in eine schmiegen,
Gehetzt-Sein, Glut besänftigen zum Schweben.
Mein ganzes Wesen wollte sich erschließen
in trunk'ner Nacht bis an den bleichen Tag;
ich wollte tanzen - tanzen und zerfließen
und nicht mehr spüren meines Blutes Schlag

Sommertag

Taubehangen lockert sich der Morgen.
Schmetterlinge gaukeln unbeschwert
durch die Wiesen, über Brombeerhecken,
treiben trunken, glanzverzehrt
und verfangen sich im Lichtgespinst.
Fernher schwellen Kuckuckrufe an.
Wie aus einer fremden Welt
treffen sie das sel'ge Schweigen: -
Träumen in den Tag zerfällt.
Weit erschlossen dehnt er sich und
voll Verlangen nach Erfüllung.
Trockener Wind schaukelt die Weiden.
Sonnenglut steigt aus den Feldern,
flutet grell durch Sommerprangen.

Vorfrühlingsmorgen

Du Morgen, -
in dem Wind verschämt die Wellen streichelt,
der Möwen harter Schrei den letzten Dunst zerreißt
und alles Düstere vor Sonnenwahrheit weicht, -
ich knie in Dir!

Du Morgen, -
dessen milder Abglanz Frieden schmeichelt,
da weißer Schein auf Dächern funkelnd gleisst,
die Erde wonnetrunken junges „Leben" heischt, -
Du neigst Dich mir,

heißt mich in deiner Klarheit auferstehn
und Glauben atmend durch dies Leuchten gehn.

Wandel

Wieder tropft ein Tag zu Ende,
sinnend tauch ich meine Hände
ein in stillverklärten Bronn,
schöpfe einmal noch der Liebe matten
Schlag, jage ihn durch deinen Schatten,
in den Du-Gestalt zerronn
und begreife, dass ich ganz alleine
bleiben werde, weh bei Dämmerscheine
meine Hände spielen lasse ihn des Tages Bronn.

Weltenlächeln

Mein Gott,
erschauernd wird mir
zur Gewissheit, dass Du eben
ob der menschlichen Torheit
gelächelt hast.

Ein unnahbares Lächeln !
Damit hieltest Du die Zeit an.
Und dann fiel es von Dir ab
wie ein abgelegtes Kleid.

Ganz verlassen hängt es nun
in den Ästen einer Birke.

Meine Hände möchten es umschliessen,
aber es zerrinnt,
da Dein Hauch noch darin spielt.

Mein Gott,
wolltest einmal mich berühren
mit solchem weisen Lächeln.

Wiedersehn

Diesmal lag im Wiedersehen
noch der Abschied.
Meine Hände hatten Dir
gar nichts mehr zu sagen.
Kraftlos war der Wille zum Gestehn
und ich mied,
Deiner Augen verglimmende Glut
vor Dir zu ertragen.
Diesmal lag im Wiedersehen
noch der Abschied,
Deine Hände wußten mir
auch nichts mehr zu sagen.

Wunsch

Könnte ich alles, was mich quält,
nur einen Augenblick
in das Denken jenes Menschen legen,
den ich liebe,
dass es hilfesuchend ist darin gewesen.
Einsam würd ich dann und trunken
dies Umfangensein bewahren
und in mancher todesschweren Stunde
aus seinem Dasein Trost erfahren.

Advent

Obwohl so traurig,
möcht' ich singen heute
ein Lied geschöpft
aus Unverständlichkeit.
Der Tag entflieht
wie alle Tage fliehen
und doch tropft aus ihm
jenes Trostes Milde
so sie dem Lächeln
einer Frau gegeben
im sel'gen Wissen
um ein werdend Leben.

Ahnung

Nun rieselt Schnee, -
rieselt in mein Herz
und das Blut erstarrt
in bangendem Schmerz.
Über ein Weilchen
Ist alles verschneit,
mein Herz verloren
und zu Schwerstem bereit.

Anemonen

Zu Hause wachten sanft getönte Anemonen,
dass ich mich an ihrem matten Glanz entzückte,
in die halb erschlossenen, bunten Kelche blicke
und dann weiß, - sie blühen nur für mich.
Zaudern drängt sich in die Hast der Schritte,
gerade überschreite ich zur Stadt die Brücke,
kalter Regen tastet über mein Gesicht.
Ich ging fort, um Deine Spur zu finden,
um aus Dir des Lebens Zuversicht zu trinken,
und nun kehre ich auf meiner Spur zurück
zu dem glutlos, mattgetönten Anemonen,
Furcht im Herzen, dass sie wecken könnten,
bevor mein Blick sie noch einmal umfängt
und ihr Leuchten in den nahen Abend strömt.

Angst

Mich ängstigt so vor mir.
Ach, komm geschwind noch her,
ich möchte geben Dir
nur meine Hand, nichts mehr.

Doch bleibe nicht so lang,
sonst wird der Abschied schwer.
Nur, dass mir nicht mehr bang,
nimm meine Hand, nichts mehr.

Das müde Tier

Langsam, zögernd, Schritt für Schritt
stampft das Pferd.
Dumpfer Hufschlag gräbt sich
angstverzehrt
in die Erde. Qual, daran es litt,
schleift der müde Körper
an bestäubter Kette mit.
Gedämpftes Wiehern
stockt unter dem Schnitt,
von Peitschenhieb gezeugt.
Manchmal weht ein Zittern
durch die Mähne. Kraftlos scheut
der Blick wie nach einem wilden Ritt
jegliche Bewegung,
die es streift. Kein Bild drängt ein.
Alles verblasst
in steigender Lähmung.
Langsam, schleppend, Schritt für Schritt
stampft das Pferd.
Schon ist der Hufschlag
bis auf jenen Laut geleert,
der birst,
wenn vor Erschöpfung
es nicht weiter vorwärts tritt.

Der Bettler

Und jeden Tag
wird farbloser der Blick.
Leerer Stundenschlag
betäubt trostlos Geschick.
Den Augen flieht die Kraft,
der Tränen Fluss
zu hemmen. Haltlos erschlafft
rinnt Schmerzerguss.
Die Krücke allein
drückt noch auf dieser Welt.
Der Bettler wartet,
dass sie bricht und er fällt.

Der Funken

Ich tanze in die Nacht hinein
und träume mir,
ich wäre noch klein
und wüsste nichts von Lieb' und Leid,
von Sehnsucht, die im Herzen schreit,
wüsst nicht
warum, wozu, weshalb,
nur, dass ich da bin
und nun bald
des Mondes lächelndes Gesicht
aufflammt und helles Sternenlicht,
das wüsste ich.
Mein Jauchzen wär' gelöst und frei,
ich wäre ein Funken im Weltenall.

Der Ring

Bist du mir nah,
dann bist Du fern
denn alles Ferne
wird in mir nah.

Bleibe mir fern,
dann bist du nah,
denn alles Nahe
wird ihn mehr fern.

Der Schimpanse

Seine Freiheit hat man ihm gestohlen,
Wälder, Sonne, Blüten und Gespielen;
Früchte sieht er sich im Winde schaukeln,
doch er kann sich keine davon holen.
Täglich fühlt er neue, giere Blicke,
die sich auf sein traurig Dasein heften;
angsterfüllt hängt er an seinem Gitter,
findet zu der Umwelt keine Brücke.
Wälder, Blumen - mit den langen Stielen -
Sonne, Freiheit hat man ihm genommen;
glanzlos wendet sich sein Blick nach innen,
und er lauscht dem Rufe der Gespielen.

Erloschen

Wo ist meine Liebe zu Dir geblieben,
die ich in trunkenem Herzen trug ? -
Vereinzelt nur noch Funken stieben.
Die Flamme losch, da sie sich überschlug.
Nun denke ich an Dich wie an ein Bild,
das irgendwo verloren hängt,
tagfern im Warten und in Schmerz gehüllt,
streichelnden Blick von mir einfängt.

Frühlingsneige

Nun muss der Flieder schon verwelken,
der Goldlack dunkelt bis in braunes Schwarz.
Bald leuchten rote, blütenschwere Nelken,
aus jungen Birkenstämmen sickert Harz.
Ach Frühling, duftdurchströmt, weh nicht vorüber;
Du atmest Werden, strahlst Verschwenden.
Blüht erst der satte Mohn im Sonnenfieber,
wirft Herbst schon Schatten in dies Blenden.

Gewitter

Das Gewitter wälzt sich näher,
presst die Schwüle noch bis
zur Untragbarkeit zusammen,
das Leben nach Erlösung lechzt.
Geranien können ihre Glut nicht bergen.
Gewaltsam quillt sie
aus dem übervollen Dolden
und tränkt die Luft um sie
mit sattem Rot.
Lautlos bricht der Himmel auf
wie vom Reif-sein eine Knospe.
Unaufhaltsam durch die Stunde -
blitzen, zischen Wasserpfeile
auf Erschöpfung, heiße Steine,
sonnenmüdes Blütenmeer.
Sie peitschen die Hitze zur Erde.
Dampf entsteigt in die Ferne.
Aus herber duftender Kühle
treibt neue tragende Kraft.

Glaubst Du ...

Glaubst Du, dass ich dich verlasse,
wenn ich von Dir geh?
Sind nicht auch die Sterne immer?
Doch bei Nacht nur leuchten sie.
Und so werde ich Dir bleiben,
Tageslicht verbirgt mich nur.
Erst im Dunkelen der Träume
wachse langsam ich Dir zu.

Mondgedicht

Einsam lächelt die Mondsichel
in sich hinein.
Matter Schein
züngelt blau durch die Nacht.
Herber Duft erwacht aus dem Schlaf
blühender Erde.
Wolkenpferde
tanzen als Schatten über sie hin.
Stille tränkt das Dunkel mit
Weichheit.
Aus Unendlichkeit
weht meine Sehnsucht Dir zu.
Einsam lächelt die Mondsichel
in sich hinein
und ihr Schein
lächelt auf meinem Gesicht.

Seligkeit

Während Ewigkeit
ströme gelinde
in diese Stunde,
dass sie nie schwinde
mit ihrer Seligkeit.
Dass ihre Seligkeit
niemals entschwinde
in diese Stunde,
ströme gelinde
währende Ewigkeit.

Tagesende

Manchmal, wenn der Herzensschlag
einer Turmuhr dumpf ertönt,
weiß ich, dass sich damit wieder
eine Schicht vom Tage schält
und als abgefallene Hülle
welk der Nacht entgegenweht.
Im Lauschen fängt mich müder Taumel,
auch mich aus dem Tag zu lösen,
abgewandt und sehnsuchtsfertig
nach dem Dunkel mitzuwehen.

Versäumtes

Ich liebe die Nacht
mehr als den Tag:
In Dunkelheit gehüllt,
was der Tag entfacht.
Innig Erträumtes
wächst aus dem Traum.
Erfüllung wird dann
schmerzlich Versäumtes.

Wenn es dämmrig wird

Wenn es dämmrig wird---
wie meine Sinne fliehen
in taumelnd süße Tiefen -
da grundlos wachsen Träume
und werden hohe Bäume,
Erdenlast gen Himmel hebend,
indes ihr immer Höherrauschen
durchdrungen wird vom Schweigen,
das Welten nicht zu eigen,
indem mit reifem Wesen
(da unten schwer geboren)
lautlos sein Ich entfaltend
ein Gebet
vereinsamt steht.
Wenn es dunkel wird--
wie meine Sinne fliehen
in taumelndsüße Tiefen,
da grundlos wachsen Träume
und werden hohe Bäume
und tragen Hauch
von aufwärts steigend Flehn.

Wer bist du?

Wer bist Du,
dass mein Herz an Deinem hängt,
mein Sehnen sich in Dir verfängt,
dass Leben ohne Dich nichts ist
und, wo ich, du auch immer bist,
dass aus dem Tag dein Atem weht,
dass nachts aus Dir der Traum aufsteht.
Wer bist Du,
dass ich dich nicht lasse,
anstatt zu lieben, dich nicht hasse?
Wer bist Du?

Abend

Noch sind die Straßen feucht vom Regen.
Laternen flammen auf
und saugen Tageslicht.
Eben noch bunterglänztes Leben
rinnt abgeblasst
der weiten Nacht entgegen.
Der Wind hört auf sich zu bewegen.
Aus durchsichtiger Wolkenschicht
tropft milder Traum.
Gleich wird er sich so weich wie Schnee
auf Stadt und Menschen niederlegen.

Abendstimmung

Und wieder schließt sich über Tag ein Abend.
Aus Wolkennebeln schwebt er nieder,
Lärm und Regsamkeit begrabend.
Er wächst in lodernd, grellem Licht
und träufelt Schatten auf die Weite.
Im Winterrausch löscht er die Glut der Bäume.
Dann Glimmen wie verzehrte Scheite
die Äste weiter durch die schwüle Nacht.
Sonnendurchtränkt verdunkelt sich die Stunde,
der letzte Glanz erblasst am Horizont.
Schon wölbt der Himmel sich zur Sternenrunde
und der Vögel Flug wird träumend.

Abschied

Eine Türe fällt ins Schloss.
Schweigen dehnt sich weit und groß,
und es gleiten meine Hände
über Dinge, die Du streiftest.
Traurig lösche ich das Licht,
dem Du nun entronnen bist,
trete leise aus der Stunde
und wie traumverloren wehen
meine Schritte durch das Dunkel.

August

Weißt du den Tag noch,
als Du von mir gingst? -
Es war August.
Im Morgengrauen
lehnte sich mein Gesicht
an Deine Brust.
Wir kannten uns noch kaum.
Dein Herz enteilte schon
voll Ungeduld
dem weiten Osten zu
und spürte mich nicht mehr.
Nur einmal schautest Du zurück.
Dann warst du fort;
Mein Lächeln nahmst du mit;
doch immer noch gehört zu mir
der feste, so geliebte Schritt,
dem ich gelauscht
wie er voll Kampfeslust entfloh
und in mein Herz
so tiefe Wunden schlug.
Es war August.

Betrachtung

Das Meer und die Dünen -
dahinter kauert der Wald.
Er hält die Nacht gefangen,
denn der Himmel schwimmt noch
in grellbunten Farben.
Doch schon drängen Wolkenfetzen
unter Lichtes Verglühen zusammen.
Ungestümer rauschen
die Wellen empor und lassen
sich wieder fallen.
Krähenschwärme taumeln
aufgescheucht von dannen.
hart stößt ihr Schrei herab
und trifft mein Herz.
Nebel sickern erdenwärts,
werden Tau
und haften schwer am Dünengras.
Im Leuchtturm kreist ein weißes Licht.
Der Wind stöhnt auf
und wehrt der Nacht,
die sich vom Waldesrande löst
und näher kriecht
mit drängender Gewalt.

Das Mädchen

Ihr Lachen ist
dem Regenfall
ganz ähnlich,
der perlend sich
aus Wolken löst.
Jedes Tropfen Fülle löst sich
wie ein Funken aus dem Dunkel
ihrer Seele -
und versunken
lauschen, die dem Mädchen
nahe sind.

Aber hört sie niemand
in dem Lachen
weinen?

Der Abschied

Schon hängt der Abschied
in den Zweigen
der Kastanien
und tropft auf mich, die ich noch träumend weile
in Deiner Hände Zärtlichkeit.
Schon rührt er sich
und taumelt auf im Winde;
ich eile, dass ich ihm entrinne;
er aber weht mir nach
und fast mein Kleid
und schüttelt mich
und nimmt mir meinen Traum.
Der Abschied bleibt.
Schon wird der schrille Pfiffe
des Zuges in mir laut.
Dein Blick umfängt mich
noch einmal; ich möchte lächeln,
doch es schmerzt zu sehr.

Die Nacht

Über dem Tag
hängt noch die Nacht.
Ich ließ ihr
meines Herzens Schlag.
Sie schloss in sich
mein ganzes Leben,
hat mich geboren,
mir dem Tod gegeben.
Sie war voll Jubel
und voll Qual.
Du warst in ihr
und in Dir war das All. -
Sie schloss in sich
mein ganzes Leben,
hat mich geboren,
mir den Tod gegeben.

Einmal war es -

Einmal war es in der Nacht
bin ich grundlos aufgewacht.
Blasser Mond durch Wolken schien,
nie hat er so glutleer ausgesehen.
Niemals bin ich so entfacht
zu wilder Trauer in der Nacht.
Nie ward Stille so zur Last.
Wie vom Tode angefasst,
ging im Dunkel ich verloren.
Morgen hat mich neu geboren.

Forsythienstrauch

Erwache ich,
so glimmen die Forsythien erwartungsvoll
und drängen zu mir hin.
Mein Lächeln färbt die Dolden gelber,
sie schlürfen meine Tränen
wie Lechzende,
die gierig danach sind.

Und wird es Nacht,
zu leuchten die Forsythien satt;
Sie haben meine Seele aufgesogen
und bersten unter ihrer Last.
Und wenn du wiederkommst,
bin ich
Forsythienstrauch.

Frühlingswind

Wie im Spinnengewebe locker der Tau
hängt Sonnenstaub glitzernd in Wolkengrau.
Manchmal schluchzt durch die Pappeln der Wind,
schlängelt den Fluss entlang weiter,
bis er zerrinnt.
Erst, wenn der Abend beginnt,
bewegt er sich wieder,
streicht, wo Knospen sind, leise darüber
und trägt mit sich fort der Erde Erbeben
in wiedergefundener Sehnsucht zum Leben.

Geburt

Eben ruhte er noch nachtumfangen,
eingespannt in hoffnungsfrohem Schoss,
doch schon ballte sich Verlangen
wolkenhaft in ihm zusammen,
in Tagesglanz hineinzuspähen,
dem engen Raume zu entschweben
und in Schmerz und Wucht der Wehen
sprengte er des Dunkels Hülle,
wuchs dem Licht zu und ganz Wille,
dieser Erde Mensch zu werden,
wirft er durch die sel'ge Stille
der Mutter seinen Schrei entgegen.

Herbstregen

Alle Bäume drücken voll Angst und Grauen
die fremdverträumten Blätter
in ihre Arme.
Verzweifelt sie zum Himmel schauen
und stöhnen: „Hätt' der
liebeswarme
Frühling sie uns nicht an's Herz gelegt,
müssten wir sie jetzt nicht scheiden sehen."
Da schneidet
in dies Klagen ein Regen, fegt
grausam über schmerzlich Flehen
und leidet
Ungeduld, wenn sich ein Blatt zu lange hält,
wenn es nicht gleich herniedertreibt
ohn' Abschiedskuss
so Stück für Stück zur Erde fällt,
nichts weiter für die Blume bleibt
als Lebensüberdruss.

Komm wieder

Komm wieder, komm, es wird September
und des Sommers Glut verglimmt;
komm, bevor der Wind die roten Blätter
sattem, sonnenschweren Mohn abnimmt.

Komm leise, wenn der Tag sich neigt
von irgendwo her mir entgegen,
ein Fremder - und doch Du, nur Du allein
sollst traumhaft Dich mir zubewegen.

Es müsste so ein Abend sein wie heute
so wolkenlos, so weit, so ausgebrannt;
die letzten Flammen habe ich getrunken
und tauche mein Gesicht in Deine Hand

und lausche Deinem Wort, das in mich tropft
und sich in mir verliert.
Doch lass den Sommer nicht vorüberziehn;
komm wieder, ehe es September wird.

Lausch

Neig Dich der Nacht zu,
Du.
Und lausche
wie ihr Schweigen
aus meinem Herzen strömt.
Noch einmal spüre,
dass ich Dein bin:
mit den Nebeln
meinen Atem
Dir entgegen wehen
und sich so kühl
an deine Schläfen lehnen;
Mein Haar,
von Tau benetzt
in dichten Gräsern wiegen
und abschiednehmend
sich in deine Hände schmiegen;
Mein Lächeln,
das verzückt
im Wind Dich narrt
und traurig wird
und jäh erstarrt.
Spüre noch einmal,
dass ich Dein bin,
so lange der Schatten
der Nacht
an Dir hängt.
Tauch in mein Schweigen.
Wenn der Morgen anfängt,
bin ich für immer fort.

Liebe

Wie der Tag in die Nacht eindringt,
sich in sie ergießt
und mit unabwendbarer Gebärde
sie durchtränkt und umschließt,
wie er den Wald
aus den Nebeln schält
und den Wind entfacht,
dass er seufzt und weht,
wie das Licht erst blass,
strahlender wird,
aufflammt
und lodernd das Land überspült -
wie die Wolken zerschmelzen
im Glanz und Duft
und sich ein Vogelschrei
ins Weite wirft
trunken von Sehnsucht - - -
so lieb ich dich.

Meeresrauschen

Nur Rauschen des Meeres
ist in mir.
Von fern her
stürzen die Wellen mir zu.
Wüsstest Du,
wie weh mir ist
seit Du gegangen bist.
Der Wind jagt alle Wolken zu Dir.
Nur Rauschen ist in mir.

Schnee

Es hat geschneit! Es hat geschneit !
Die ganz Welt möcht ich zusammenraffen
und einen Schneeball daraus formen.
In meinen Händen möchte ich ihn kneten,
ich möchte ihn mit meinen Füssen treten,
fortschleudern möcht ich ihn und wieder fangen,
bis er zu feinstem Schneestaub ist zergangen,
der unter meinem Atem schmelzen sollte,
dass Tau langsam durch meine Hände tropfte
und nicht mehr blieb als nur die Seligkeit:
Es hat geschneit ! Es hat geschneit !

Noch keiner

So ist noch Keiner
mir begegnet,
so mild und sehnsüchtig
wie, wenn es regnet
lau in den Frühling.

So ist noch Keiner
zu mir gekommen
an Sonnentrunk schwer,
davon die Frucht beklommen
im Sommer aufbricht.

So ist noch Keiner
von mir gegangen,
traumvoll, verloren,
vom Nebel umhangen,
der im Herbst sich spannt.

So hat noch Keiner
mich zurückgelassen
traurig und starr
wie in des Mondes blassen
Winterabendstunde.

Tod

Gleichwie Vollendung
für den Baum Gebot,
die reife Frucht
von sich zu stoßen
hin zur Vergänglichkeit, -
so lässt zu ungeahnter Zeit
der Tod uns fällen
schwer und traurig
in die Dunkelheit.

Vorfrühlingsmorgen

Du Morgen, -
in dem Wind verschämt die Wellen streichelt,
der Möwen harter Schrei den letzten Dunst zerreißt
und alles Düstere vor Sonnenwahrheit weicht, -
ich knie in Dir!
Du Morgen, -
dessen milder Abglanz Frieden schmeichelt,
da weißer Schein auf Dächern funkelnd gleißt,
die Erde wonnetrunken junges „Leben" heischt, -
Du neigtest Dich mir,
heißt mich in Deiner Klarheit auferstehen
und Glauben atmend durch dies Leuchten gehen.

Wolken

Liebst du die Wolken so wie ich?
Dann liebst du mich.
Schau, wie sie in die Weiten gleiten
hinweg über Menschen, Träume und Zeiten,
wie sie sich dunkel zusammenballen,
als wollten sie auf uns niederfallen.
Aber der Himmel lässt sie nicht los
und so hängen sie schwer und groß
und werfen die Erde mit Schatten.
Fühlst Du auch Deinen Willen ermatten
von diesem lächelnden Spiel zu lassen?
Sieh dort die schwebenden, rötlich-blassen,
sonnenerglüht, aneinandergeschmiegt,
in denen zärtlich der Wind sich wiegt.
Möchtest du nicht mit den Wolken fließen
und deine Sehnsucht in sie ergießen?
Suche die Wolken so wie ich.
Dann findest du mich.

Allein

Noch schwimmt die Nacht
in den Ästen der Bäume;
ihre Träume
tropfen als Nebel herab.
Der erste Schritt
hallt schon gedämpft
durch den Morgen;
die Sterne verblassen
und die Laternen am Wege auch.
Man hängt verlassen
zwischen Schlaf und Wachen
man möchte einmal noch
sich wieder fallen lassen
in das Vergessen.
Doch es wird Tag,
als wär' es niemals
still gewesen.
Der Kuss, den du mir nicht gegeben,
versengt mich ganz.
Nachts bin ich allein,
im Tageslicht noch mehr.
Regen schlägt mir
ins Gesicht
und durch die Gassen
tanzt der Wind vor mir her.

Durst

Wenn nur einer wäre,
den ich lieb haben könnte
in diesem Frühling.
Der ganze Jubel meines Herzens
bräche aus
und zwänge den Geliebten nieder.
So trinke ich Verdurstende
den Duft von Flieder
und Maiglöckchen in meinem Arm
und bin berauscht
und von der Sehnsucht müde.

Krankenhaus

Ein weißer Saal,
darinnen Qual;
unruhige Hände,
Tag ohne Ende.
Tulpen ermatten
in der todessatten
milchigen Luft.

Ein Vogel ruft.

So weit ist die Welt,
und die Weite fällt
in das offene Herz.
Frühlingshafter März
bleicht und begräbt,
der Schmerz entschwebt.
Von fernher schimmert
so weiß der Flieder.

Nacht

Du hattest mich zurückgelassen
allein
in dieser Nacht.
Sie tat sich auf:
Den Schmerz
hab ich in sie hineingestarrt
und schauderte
und hielt ganz still,
als sie mit harten, blassen Händen
den Schrei
nach Dir aus meinem Herzen zog,
um ihren Hauch darauf zu legen
und müdes Weinen auszulösen.

PREROW

Als Kind schon war mir dieser Ort
wie eine zweite Heimat,
und heute noch nach vielen Jahren und immerfort
lieb ich den Darss, den Wald, das Meer, den Strand.

Reiterlied

Spring an, mein kesser Fuchs „Irmo"!
Die Weite schreit in uns,
die Weite greift nach uns;
spring zu und lauscht aus ihr,
dass irgendwo
sie lässig uns verschlingt.
Tauch in der Sonne
lodernde Glut,
wirf Dich dem Tag entgegen,
sei sprühender Funke
und tanze im Wind,
wir wollen die Erde durchfliegen.
Im Sattel fest
schwingt meine Last
mit dir in wilder Jagd.
Die Mähne flattert,
zerzaust wird mein Haar,
schnaubende Nüstern,
aus dem Maul quillt der Schaum,
Wiehern zerspringt,
dampfender Atem schwenkt
uns als Fahne voran.
Wir scheuen vor nichts,
durchbrechen die Nacht
und stürzen weiter
vom Taumel entfacht,
bis voller Ungeduld

einmal der Tod uns fällt
wie einen blitzgetroffenen Baum.
Stürme die Welt, mein Fuchs "Irmo"!
Wir wissen es lachend,
dass irgendwo
die Weite uns behält.

Sonnenblume

Langstielige
reife Saat
am Sommerrand:
Blume der Sonne
im Strahlengewand,
goldgelbes Rad,
verklärte Wonne,
Sonnenblume,
Blume der Sonne
herbstzugewandt.

Unabänderlich

Wie Falter, die bei Nacht
durch offene Fenster taumeln,
vom Lichtstrahl angezogen,
der ins Dunkel bricht,
und, die dann nimmer
aus dem Blenden
mehr entrinnen können
und hilflos flatternd
immer wieder
an der Glut sich brennen,
bis dass der Tod
sie einmal fängt. -
So kann mein Sinnen
nicht mehr von Dir lassen
und Du allein nur
kannst es löschen.

Vollmond

Runder kann der Mond nicht werden;
grinsend, prall und vollgesogen
von der Unzulänglichkeit auf Erden
wundert er sich niemals satt,
wandert als ein leuchtend Rad
einsam durch den Himmelsbogen.